歌集

雪《せつ》原《げん》に輝くふたりの大の文字

山川純子

Yamakawa Junko

洪水企画

雪原《せつげん》に輝くふたりの大の文字＊目次

歌集

雪《せっ》原《げん》に輝くふたりの大の文字

第Ⅰ章

夜の虹

オホーツクの空の青さを区切りたる大地に牛ら群れて草喰《は》む

末枯れたる葉音サヤサヤ野に生《あ》れし風膨らみて牛の尾揺らす

ゆっくりと牛らが四肢を折りたたむ秋の大地の土乾きたる

乳搾る我と搾らるる牛達と涼しき風が添い来る夕さり

更年期と思えば納得火照る身に冷たき牛乳落とし込み立つ

我の身に縦から横から更年期　牛らとまとめて飼い慣らそうか

両腕に仔猫をまるく抱きながら月を囲める夜の虹見る

空掃き分ける

幾千年この地をなぞる風の音　牛ら静かに反芻《はんすう》続ける

温暖化それとも今年が特別か真冬を気だるく南風吹く

降っても降っても積もれぬ海原に雪しんしんと降り続くなり

さやさやと空掃き分ける枝先か雲の隙間《すきま》を光洩れ来る

春の陽を吸い込み自ら融けていく雪解《ゆきげ》の水のさやかなる音

沢つたいの窪みに雪解の水満ちて光ゆたかに水芭蕉ひらく

窓を打つ雨に視野を狭められ午後をうとうと珈琲冷める

節くれたつ我の指より節くれの盆栽の前息苦しくなる

散りし花びら

救急車来るに停車し見送りぬ搬送さるるが我娘《あこ》とも知らず

病院に着きたる時はもう既に娘《こ》は逝きており呼ぶ声も出ぬ

薄赤く灯れる車内手を添えて此の世の外なる我娘と戻りぬ

二〇〇八年四月三日の昼下がり突然なりし我娘との永別

「芳春院釋尼陽和」と娘の法名　窓を濡らして春の雨降る

今日だびに付される我娘なり春冷えの夜がいつしか白みてきたる

永別の舞台の主役の妹の唇に紅を注しいる長女は

読経の節幾たびも繰り返され焼香人の列続きおり

横たわる真白き骨は我娘なりと促され挟む手の指の一片

さくらさくらさくらの季節突然に散りし花びらとなりたる我娘は

カウントダウン

死に向かうカウントダウンはいつよりか不思議な静けさだった前夜は
我よりも先に逝くとはまさか娘よ　あの夜「おやすみ」言っていたなら

娘の部屋に娘の洋服を吊るしいて我が泣く場所を此処と決めたる

「まま、ごめん」我に最後の言葉なり逝きてふた七日過ぎし夕べを

逝きし娘の魂の嵩《かさ》か焚く香の煙は細く襖をくぐる

二度三度答える筈なき娘の名呼ぶ月の輪郭潤《うる》ませながら

木々の芽の膨らみゆける春の日の我が立つ大地に娘の姿なし

娘に逝かれし母です我もとぼとぼと春の光が眩しすぎます

尾を振りながら

ようやくに一年はやも一年なり葬送の日のごと冷たき雨降る

星ひとつ落ちたる空の空間に娘の笑顔を浮かべておりぬ

月赤く移動する夜音もなく長針短針交わりて過ぐ

娘の死をも取り込み時は平然と時計回りに時刻みゆく

逝きし娘の後追う日々の今日もまた陽に背を向けて牛舎に入る

娘が逝きて我らが家族に加わりし仔犬は雪の深みに駆け込む
貰い受けし仔犬に「ルナ」と名付けたり娘が猫にと残せし一つ
朝朝をルナと呼ばれて駆けて来て牛舎にいつもの朝が始まる

「座れ」と言われてさっと座りたるルナは夫の顔を見ながら

仔猫二匹追いつ追われつ絡み合う牛舎の入り口午後の陽温し

牧草銀座

豊かなる日差しの朝よ草刈らんと気持ち高まるモアコン引き出す

（モアコン＝牧草を刈る機械）

エンジンを全開にしてチモシー刈るトラクターの夫に朝食届ける

南寄りの温き風に乾きゆくチモシーの香り牛舎に広がる

仔狐よ鷹よ鴉よ其処をどけ我が集草機突き進むのみ

油圧レバー・アクセル・ハンドル右の手ははたまた帽子の庇を下げる

搾乳を終わらせ牧草の運搬に　おにぎりひとつ頰張りながら

夜業の明かり行き交う共同草地「牧草銀座」誰か言いたる

藻琴山の頂雲が包み込み明日から雨の予報となりぬ

刈り取りしチモシーの再生促さんと雨の降るなりシトシトと降る

木の葉の音

水良しと開拓者祖母の言いたりし水飲みて来ぬこれから先も

牛も我《あ》も水源同じ水に生く　今宵は雌の牛取り上げる

デントコーンの収穫間近小走りにトラクターに付き機械を据える

デントコーンを切り刻みゆくハーベスターの音盛んなり酪農地帯

刻まれしデントコーンをサイロに送り込むブロアーの震動足元揺らす

デントコーン収穫終えて広々と風は低く滑りて来たる

からからと木の葉木の葉の音させて路面に沿って吹かれ行きたる

揺れ揺られ風になびけり木々の葉の我の背を押す今生の風

生き上手なれ

我が郷《さと》の緩き稜線際立てる日の出の前の白き朝なり

時間に縛らるる事自らに課す如くなり時計をはめる

牛飼を廃めるとはまた唐突な　夫の表情はたと見詰める

牛らとの別れの日まであと数日竹箒に背中撫でて回れり

最後なる搾乳終えて送り出さん牛の頭に頭絡《もくし》を着ける

（頭絡＝移動の時に用いる綱）

車への一歩手前に止まりたる牛のお尻を肩に押したる

引かれ行く牛と順番待ちの牛　牛舎に蹄の音の響けり

エンジンのかかりて高く啼くもいる　トラックゆっくり朝日のなか行く

今日からを誰かの牛になる牛ら　さらばさらばよ生き上手なれ

牛舎がらんどう

牛発たせし朝なり夫と仏前に手を合わせいる少し長くを

我が職場と三十七年向き合いし今がらんどうの牛舎に立ちいる

繋《つな》ぐ牛のおらぬスタンチョン連なりて陽脚は長く牛舎にとどまる
（スタンチョン＝牛をつなぎ止める装置）

罪人の如きかなどとふと想う牛押しし腕やたらに重し

競いあい娘らの書きたる絵、文字残る牛舎の壁なりシャッターを切る

空になりし牛舎に大きく響きたるルナの鳴く声呼ぶ我の声

解体を明日なる牛舎ひっそりと闇の底いに同化してゆく

解体のショベルが動き出す前に海に向かって車走らす

亡き娘に会える気がする

牛舎の無き風景も馴染みきて散歩にと出る前行くはルナ

楽するは直ぐ慣れるとは本当に夫送りだしさせて何しよう

ワイシャツにネクタイ姿の夫行きキャベツ定植の準備はじめる

持ち帰りし書類の束が無造作に我が行き来する幅を狭くす

パソコンの前に坐しおり締切日増やすとなるを引き受けてまた

牛舎に行かずとも良しこの時間手持無沙汰に冷蔵庫開ける

月光が白く大地をたたす夜亡き娘に逢えるような気がする

娘に届く道は無きかな此の夕べ牛も牛舎も無くなりました

第Ⅱ章

内孫授《さず》かる

娘一人の我に縁なきと思い来し内孫なりぬ男の子とぞ

濃く太く囲まれし名は「真史」と命名本の数多中から

「男児ですよ」と言われし時の感動のそのオチンチンなりしみじみと見る

亡骸の娘の冷たさを知る指に孫のオムツを取り替えており

タカイタカイされて垂らせしよだれなり糸引き我の顔面に落つ

「真史くん」呼ばれて振り向く幼児の笑顔にあわせシャッターを切る

今孫を抱きつつ想う此の笑顔消えないように消さないように

金色の鱗くねらせ鯉のぼり天に軽がるその身浮かせて

鯉のぼり泳がせ夫は見よ見よと初節句なる真史を抱き

尾鰭《おびれ》振る左右に振りて鯉のぼり男《お》の子授かりやっぱり嬉しい

手を伸ばし孫のつかみしは何ならん芝桜ピンクの花揃え咲く

一歳の意思

両の手を広げてだっこせがまれてどれどれどれどれと九キロを抱く

ハイハイのスピード上げて一直線人形の胴体乗り越えて来る

汗に濡れた髪立ち上げて昼寝なり記録的暑さと言わるる此の夏

仏前に今朝も坐りてお辞儀するオムツの丸きお尻は一歳

お鼻はと問われて自分とプーさんと仏壇の花指差す孫は

上下の歯擦り合わせてキリキリと初めて覚えし事のひとつを

二歩三歩後は一気に倒れ込むやんちゃぶりなりハラハラ続く

「バイバイ」と手を振る孫を抱きつつ長女と夫の出社見送る

一歳の嫌嫌嫌なり全身が嫌の一心反り返りたり

一歳の意思に応えんあれこれとどれも違って大泣きさるる

湯上りの真っ赤な足裏見せて座し何やら夢中「寝るよ」を無視して

孫の足音

這イ這イを卒業したる足音がドア開け廊下を突っ切って行く

玩具箱ひっくり返してにんまりと我の顔見る今日何回目

音たてて食器積む手の止まらない　止められないよ崩れてしまえ

積み上げし食器崩れて割れも有り泣き声高し　もう大丈夫

お祭りの出店で孫の選びたる黒い戦車が足元を行く

ジジ、ババとこの頃ママを言える孫今朝はシッシとトイレに駆け込む

おちんちん誉められるのは今だけよ裸のままに駆け回る孫

シュイカ、シュイカ

鴉の嘴《くちばし》の傷を陽にさらし育ちてきたる西瓜採りくる

ゆっくりと秤に西瓜のせたれば文字盤ククッと一〇キロを指す

椅子に上り我の肩につかまりて孫覗き込む西瓜断ち割るを

真っ赤な真っ赤な真二つ其の瞬間「ウワー」っと孫は声を発せり

断ち割りし西瓜の真ん中くり抜いて「はい、あーん」口に入れてニッコリと

握る手の指間を垂れる西瓜の汁見つめ力を込めゆく孫は

お昼寝の夢なんだろうニッコリと我とは別の世界に駆けん

「シュイカ、シュイカ」二歳の孫は言いながらママの手を引き仏前へ行く

真二つに西瓜割れたる瞬間を全身で伝えるママとジジとに

黒き種の幾つか食道通過せしと其れも良かろう我が作りし西瓜

真《まさ》モ除雪スル

まず玄関、車庫の前から犬小屋も今朝も一番除雪に始まる

「マサモ除雪スル！」赤い防寒着にスコップ持ち勇んで三歳雪降るなかを

「ヨイショヨイショ」と小さなスコップ振り回す孫の吐く息白く散りゆく

キッチンに立てば孫が駆けて来て「キョウ何作ル？」踵《かかと》高くし

切込みを入れたるコンニャク小さな指が右に左にくるりと捻《ね》じる

秋はお萩春は牡丹餅と言うらしい孫も一緒に餡《あん》を絡める

手の平の指の餡こを舐める孫　口の周りは餡このお髭

部屋中にブロック広げて自慢げに「野菜ノ種播キ今終エタヨ」と

三歳の主張

後ろ向きにバイバイをして出かけ行く斜めに帽子被りて孫は

すっきりと朝から青空「バイバーイ」と遊園地デビューの孫を見送る

オーバーオールに長ぐつ軍手手ぬぐいも一丁前に「次ハ何スル」

抜いて来し長葱刻むそばにいて「ババ、泣イテル？マサ泣イテルヨ」

真っ赤なトマトをガブリ孫は言う「トマト只今胃袋到着」

大人たちの会話の中に大声で相づちを打つ孫三歳に

母親に涙流して抗議する三歳の主張部屋暑くする

おもちゃ箱に向き合い夢中足裏は朝の光の如き明るさ

「トマトダッテ夜ハ眠ル」に納得し足音高く階登り行く

唐黍うんち

一緒に採り来し唐黍食む孫の命のままなる姿うれしき

唐黍を持たせておけば静かなんて思わぬでもない調理の時を

「トウキビウンチ、イッパイデタヨ」と走りくるパンツ持ちつつ快晴の朝

畳に額付くまでお辞儀して孫は言いおり「ナムアミダブツ」

三歳の心に死とは如何ならん「陽子オバチャン死ンジャッタンダヨ」

お風呂だと呼ばれて「マサニ聞コエナーイ」とブロック組む手止めずに孫は

濡れしままバタバタ駆け来て大声に「ママガ立ッタラオ湯ガ減ッタヨ」

女ジャ無理

自らの足よりズーっと大きいと抱えし大根歩く邪魔する

花びらを取りて雄しべを雌しべへと南瓜の授粉孫に任せる

指先に南瓜の花粉つけたまま「ババ、終ッタヨ」目を輝かせて

葉の影に表に成長続けいる西瓜確かめに日焼けし顔が

手伝いをせんと孫来て皮をむく人参人参　細りてしまえり

大きくても小さくても孫の声弾むじゃが芋君《きみ》は子守り名人

農家ごっこ、病院ごっこ、工事ごっこ　我はいつもごっこの脇役

一瞬の間に足の踏み場無し孫の大事なガラクタどもで

「女ジャ無理」三歳の言葉かと……じゃと手渡す蓋を緩めて

「ワカハチャン？」「バカハチャンダヨ！」繰り返す孫の記憶はやっぱり「バカハ」

大丈夫ダヨ

弁当の鞄と絵本バッグ下げバスを降りくる孫は五歳に

伸ばす手につかまり来る手の温かし　ルナにも「タダイマ」孫は言いたる

ジャージーの穴から覗く膝頭「大丈夫ダヨ」ニコニコと言う

明かりを引き寄せ縫い目解きいるを覗かんと孫の頭邪魔する

縫い糸を解き終えたれば後はもう　孫の好物カレーを煮込む

切れ端で修繕したるジャージーに足を通して幼稚園へと

秋の公園

陰り無き空一面群青の秋のひと日を遊園地へと

遊具から遊具へ駆け行く孫の後を追う長女の背でカバンが揺れる

叩き合いの果てに泣きだす子らもいて孫は一瞬歩みを止める

跳んで跳んでトランポリンに幾度も孫は小さき宇宙覗けり

公園に幾つもの影交わりて其の一つなり三輪車漕ぐ孫

次々と子等抜け出たるトンネルを白髪交じりがニヤニヤ現る

昼餉時子らの声の静まりてブランコゆっくり定位置につく

サンタさん本当はいないよ

伸ばす手に摑《つか》まり来る手の温かし踏み台の上飛び降りる孫は

秋の陽を背なに受けつつ孫は漕ぐ補助輪無しの赤い自転車

ソファーに布団や座布団組み合わせ「マサの家にはお風呂もあるよ」

お家ごっこの孫のお家訪問しますサンドの「お風呂いただけますか」

ママサンタとジジババサンタのプレゼント二つ並べて「どっちが先か」

「サンタさん、本当はいないよ」と言いながらプレゼントのリボン解きゆく孫は

孫留守のあいだに済まそう年の瀬の今日はワックス掛け終わらせぬ

テレビから離れるようと幾度も冬休み早半分過ぎぬ

ああ、すっきり

「宇宙まで飛ばすから見てて」五歳なる孫のオチンチン放水開始

太陽に向かって並ぶ孫と夫　背が主張する男同志を

「ジジ遅い」「ジジより遠くに飛ばせた」と笑顔で結果報告に来る

トイレなど無用なりしよ此の大地「ああ、すっきり」と孫大声に

「人参はどうして赤い」聞く孫に「暑いお風呂を我慢したんだって」

じゃが芋に人参玉ねぎ長葱も「マサも皮むく」と今夜はカレー

夕焼けの空へと続く一本道　自転車の孫と夫とルナと

家族との別離のドラマ見つつ泣く涙もろとも孫抱きたる

孫が二十歳《はたち》になる時我は八十歳　いやはや十年　着々進む

空青深し

黄色の帽子に黒いランドセル一年生も二月目なる

ランドセル背負い待ちいる孫の前バスはゆっくり確と止まれり

「おはようございます」の声はっきりと聞こえて今日も空青深し

足早にバスのステップ上がりゆく孫を見送るルナ尾を振りながら

停車せる大型トラックを交わしつつ孫も乗せて通学バス行く

「ババ毎日休みでいいね」と言う孫に「マサは土日があっていいよね」

遺影の娘の目線の先に孫と居てトランプ広げ「神経衰弱」

「神経衰弱」の残りのカードの数組を一気に取られて悔し完敗

孫が勝って約束したるオムライス　二人の昼の準備にと立つ

玄関に入り来しママ驚かさんと壁に張りつきニヤニヤ孫は

「遊ぼう」とママが帰れば即座に言う我はさっさと夕餉の支度

「大」の字

一夜明け一転して此の雪景色　青いウエアー飛び出して行く

「マサも乗る」勇んでショベルに乗り込んで夫に抱かれて孫三年生

初めてのショベル運転ハンドルに手を置く孫の口一文字

上がりきらぬバケット雪を落としいる　やってるやってる真史ガンバレ！

ショベルから降りたる孫の第一声「体がブルブルして止まらない」

「最初は怖かったけど面白かった。次も乗るんだ」ニコニコ顔で

タイヤショベルに自ら盛りし雪山を転がり転がる青いウエア

雪山の頂上めがけまっしぐら尾を振りているルナ勇ましく

雪山を橇《そり》にて滑る孫を追いルナ駆け出せり雪を蹴《け》りつつ

雪山の頂上目指しヨーイ・ドン負けてはおれぬ脚つかまえる

孫を真似て新雪のなか倒れ込む舞い上がる雪顔に落ち来る

新雪に腕を広げて倒れ込む　孫の「大」の字　我の「大」の字

夕暮れの急に冷えきて家なかへ二つの「大」の字残したままに

第Ⅲ章

東日本大震災（二〇一一年三月一一日）

温室に種蒔きさ中「吐きそう」と感じし揺れなり皆手を止めぬ

巨大地震巨大津波に放射能事故　想定外とか福島襲う

大津波に消えし街跡の画像なりヒューヒューと淋し風の音聞く

亡き子への想いの品をと捜しいる素手の指先冷たかろうに

一年を経たる被災地うず高く積まれし瓦礫の描く稜線

等高線乱れ乱れし被災地の瓦礫の山を月昇りたり

乾きたる瓦礫の山の埃飛びマスク着けての集団下校

震災の夜生まれしとう偶然を背負いし子なり母に抱かれ

大自然の起こせし災害悲惨さを幾たび見ても胸締めらるる

シーベルト　新聞と首っ引き朝朝を原発神話やはり無かった

東京に原発作れと怒号なるあの日の記憶鮮明にあり

震災の地にも花芽の膨らみて等しく春の訪れにいる

ホワイトアウト（二〇一三年三月三日）

納骨堂に正信偈唱う除夜会終え年越し蕎麦《そば》の準備始める

テレビからの除夜の鐘聞く遺影の娘と去年今年来年もきっと

分厚く置かれし新聞まず先にチラシ抜き取る元旦の朝

勢いよく「ただいま」と孫福引の景品の大きな袋を下げて

日課なるルナとの散歩新雪を踏みたる誰かの跡を踏みゆく

暴風雪警報出でし此の空に早々に買い物済ませて戻る

突然の吹雪手で顔覆わせて孫抱きかかえ家に逃げ込む

隣家も視野には有らぬ真っ白に長女も夫も未だ戻らない

「ホワイトアウト」初めて聞きし気象用語　八人死亡す道東此の地に

（道東＝北海道を東西南北に分けた時の呼び名）

八人の命奪いし猛吹雪　険しき風紋雪野覆いぬ

姑《はは》逝く

入院の姑との距離を遠ざけて降り続く雪明日も荒れると

十九日に日付変わりし八分後我らを待てず姑は逝きたる

五年ぶりに戻りし姑は軽々と香のたちたる部屋に横たう

五年ぶりの我が家の一夜《ひとよ》早々に姑は小さく棺に収まる

明るめの和服着せ掛け送り出す「真良院釈尼春澄」なる姑を

笑み深き遺影の姑は曾孫なる真史に抱かれ最後の別れす

姑の葬儀終えて二月《ふた》川縁《かわべり》に猫柳の枝取りて供うる

雪解けのいっきに進む昨日今日麦の青さが空と向き合う

アスパラ早く食べたいね

菜園の初仕事なりアスパラの枯れ茎を焼く煙かすかに

アスパラの枯れ茎さささっと燃え落ちて割り箸程の残り火踏み消す

アスパラの残り火踏むを真似ていし孫が言いたる「足熱くなった」

根の際を掘りて堆肥と肥料埋め「アスパラ早く食べたいね」孫と

朝に夕に日課となりぬアスパラ採り四人に余る程を茹でたる

アスパラが大好きの孫長靴を履くなり「アスパラ採ってこよう」と

大きめのサイズ選びしマヨネーズ　アスパラの時期はいつもの如く

伊豆・箱根へ

広々と茶畑北海道を知らぬとうガイド北海道に似ているでしょう

石段の終点未だ未だ遠きなり家康の墓所久能山東照宮へ

「花沢の里」とう集落川沿いにひと列続く老いばかりなりと

谷川に沿いたる道にガード無し　今時こんな「花沢の里」

住宅の隅くり抜きし無人店「花沢の里」に蜜柑買いたる

竹の子が竹にと知識増やしたる孫なり修善寺竹林散策

人一人歩けるだろうか家々の軒先通る江ノ電に乗る

駿河湾クルーズ富士山眺めつつ　飲みしビールのこれまた旨し

熱海市来宮《らいぐう》神社樹齢二〇〇〇年の楠におわすとう十二支捜す

目の前は太平洋なり大磯《おおいそ》のホテルに最後の枕並べる

寄せ木細工の店に買いたる箸四膳揃えて夕餉の卓整えぬ

ロープウエイに見下ろせし噴煙大涌谷《おおわくだに》噴火したると戻りて十二日目

世界遺産知床

オホーツクの空また海と此の大地　世界遺産の知床に立つ

鹿の角のような枯れ木を立たせいる知床峠の風に吹かるる

熊避けの鈴を鳴らせり遊歩道　孫は大きく手の平を打つ

林を抜ければ草地《くさち》の広がりて鹿数頭がこちら見ている

フレペの滝　訳して乙女の涙という一筋細く海に消えゆく

砕け散る波の飛沫に濡らされし風は岩間を吹き上がり来る

海鳥ら上昇否一気に下降せり自在に命持ち運びいる

切り立ちし岩間に鳥の排泄痕　空から見れば白旗ならん

口中に広がる甘さ喉下る我には我の旨さなる海栗

夕焼ける空に添いつつ染まりゆく五湖のどれにも夕日が浮かぶ

薬剤揃えて

ジャガイモの畦の間に間に丈伸ばす雑草引き抜き陽に曝《さら》したる

菜園に生き継がんと来し虫どもの到来を待つ薬剤揃えて

土を分け新芽ざっくり生え揃い急ぎ撒布す殺虫剤を

菜園に殺虫剤を撒きし夜胸にヒューヒュー冷たき風吹く

二十種は優に超えたり菜園に芽吹く萎《な》えるを同時に見いる

トマトの脇芽取りたる指先の石鹸の泡濃き緑色

夏の日の献立野菜の出来具合育ちすぎたるキャベツ炒《いた》める

散り敷きし花びらの上雨降りてつややかに紫二度目を飾る

今日も雨降り

待ちに待った雨と言えども激しさに大地一瞬埃《ほこり》を上げる

雨音と強風雷鳴稲光り　孫泣かぬよう笑顔続ける

大雨に不通となりしＪＲ　札幌行きを決めかねる夫

降る降る降る降る本当に降る今日も降る食べ頃の野菜採りにも行けず

水含み重そうな穂を掲げ立つ麦の根元に雨降り続く

大雨に土流されて露出せしジャガイモの背に土を乗せゆく

へばり付く泥落とさんと靴を脱ぎキャベツの葉の上そっと足置く

畦の間の雨水引かぬ五日目も馬鈴薯畑に迫る夕闇

トラクターに曳かれつつトラクター防除機曳く雨上がりたる馬鈴薯畑に

オロチョンの火祭り（網走市）

湧き出る地底の音ともオロチョンの祭りの楽曲何故か懐かし

その昔流氷に乗りて来たという先人の住居跡賑わえり

山の神海の神とをまつりしと祭壇熊の皮敷かれおり

帽子岩の小さきお宮が守り神　祭りの火種を壺に持ち来ぬ

御神木の蝦夷松の枝積まれたるマキレタワーに火が立ちのぼる

トナカイの皮の太鼓を打ち鳴らし司祭の続ける神との交信

マキレタワー炎を囲む踊り手ら民族衣装の影を引き連れ

闇灯す明かりとなりぬ神の火よ河原にヤンパの音響き合う

（ヤンパ＝鈴など音の出るものを結わえたベルト）

踊る輪に子らも加わり三重に先人の魂永久に継がれん

採火されし神の火なりぬ松明《たいまつ》の列に加わり沢道を行く

北海道胆振《いぶり》東部地震（二〇一八年九月六日）

地震！飛び起き階段駆け下りてすぐさま停電「胆振東部地震」

停電に臨時休校三日目に「暇だー」と孫背伸びしながら

停電に止まりしままの冷蔵庫孫来てドア開け無口に閉じいく

そそくさと集会切り上げ皆帰る明るいうちに夕餉の準備と

カレー好きの孫はこの日もカレーをと　ボイルせし肉混ぜて煮込みぬ

ローソクを囲む夕餉も楽しかり　胡瓜?、ズッキーニ?浅漬けを食む

残り湯に体清めし孫なりぬ冷たき体タオルごと抱く

街の灯も全て消えて漆黒《しっこく》の空を満たさん星数多なり

「すっごく星がきれい」と呼ぶ声に家族揃って空を見上げる

停電の解消不意に三日目夜　明かりのともる日常に立つ

停電に断水「人間だけなら」と幾たび想いぬ牛飼し頃

ヤッホー

幼稚園の遠足手伝い秋の日をガーゼの手拭首に巻き付け

リュックとペットボトルの虫かごと園児ら二つの荷物を背負って

捕《と》ってと一人に言われエイッとばかり合わせし手の中バッタが動く

丘の上広場にオニギリ食べ終えて園児らかごの虫を放せり

「さよなら」と言いつつ籠の虫放す一人の頬に涙の跡が

「やっほー」と一人が叫び「やっほー」と皆声合わす鴉も鳴きぬ

ジグザグに坂下りたる女の子とつなぐ手強く握られしまま

「またね」手を振り列に戻りゆく園児なりぬバスを見送る

ジー、チョン

太陽のように明るくと名付けたる「陽子」今年も秋彼岸来る

洗濯機と朝の作業を分担しテーブル一杯新聞広げる

サルビアの赤が殊更赤くある斜面沿い来る風髪揺らす

「ジー、チョン」と幼き頃に覚えたる其のままなりぬキリギリス鳴く

年金を受け取らずして亡くなったと言われず済みぬ通帳開く

右往左往するは人なりひたすらに秋を告げくるコスモスの花

すがすがし空の青さのその先の青さ吸い込む　透明になれ

締め切りの一つや二つはリズムなり　今夜何食べる孫に問いいる

一人暮らす翁の家にも灯がともり我が秋の日の闇定まりぬ

友の歌に触発されて詠む歌の夕餉の膳に生野菜盛る

星また星　星の輝く秋の夜を虫ら一斉に其の音競わす

鮭のぼる川

稲妻の太き光を見し夕べ救急車西へと走り去りたる

雷の多き此の夏無事過ぎて大根結わえて日向に吊るす

遡上せる鮭を見んと藻琴川の橋へ散歩のコース変えたる

流るるに逆らい水面を切りて行く白き斑の鮭の背びれが

落ち葉浮かべ光浮かべて流れゆく川べりの木に大鷺止まる

鮭のぼる此の時期此の川此の橋に見下ろせし人と今日も出会いぬ

オホーツクブルーの空です庭隅に春掘り用の葱植え付けぬ

幾重にも仕舞い込まれし宇宙なり親指突き立てレタス引き裂く

弟逝きぬ

残雪の山肌赤き夕べなり弟に癌の診断下る

抗癌剤どれもが効果無しという弟にも夜のとばりが下りる

死というを目の当たりにし何に想う九歳の孫口結びしまま

重苦しき空気の中を大人らに挟まれて孫小さく居りぬ

新元号発表まえの三月二七日弟逝きぬ六一歳

危篤の子の足さすりいし母の掌が冷たい額に張り付いている

「良い所へ行けよ」と顔に触れながら父は息子に小さく言いぬ

ためらい無く弟の顔に頰寄せる死にて初めてそして最後の

孫送り九十歳過ぎて息子を送る父母《ちちはは》なりぬ翳《かげ》薄くいる

春風に揺らされし髪弟の遺影なりぬ笑みを続ける

「諦真院釋顕裕」なり仏前に白き花びら悲しみを増す

娘に弟　死の冷たさを重ね知る指なり今朝は大根卸《おろ》す

叔母、従妹、弟、歌友、犬のルナ、平成の終を別れの多し

星見えぬ夜なりずしりと両肩に闇の重さが被《かぶ》さって来る

マスクの下（新型コロナウイルス国内初確認　厚労省発表二〇二〇年一月一六日）

線香の残り香淡き部屋に読むコロナの記述多き朝刊

偶然に買い置きのありマスクなり孫と夫の口元覆う

使い捨てマスクのゴムを集め置き作りておりぬガーゼのマスク

コロナなど構ておれぬと言わんばかり春耕のトラクタースピード上げ行く

勉強をせよとは一切言わぬと決めコロナ休校三月目に入る

志村けんの「ばか殿」見つつ大笑い　声変わり中のかすれた声に

マスクの下は新色の紅ですよ菜の種ひとつ持ちて並びぬ

六月の此の空の下農村にマスクは不要大根播きぬ

陽を避けて木陰に座り孫に言う　暑さに注意コロナより怖い

早《はや》晩秋コロナ終息見えぬまま漬物用の白菜育つ

ホワイトシチューにブロッコリー入れたらおいしそう孫も随分大人になった

あれも此れも

メモを持ちスーパーに行くそそくさとマスク忘れる事も無くなり
口紅は化粧直しも致しませんマスクを着けてハイ出かけます

荷物持つと言いし夫とショッピングあれも此れもと予算外増えて

孫と娘と四個のアイス此の真冬車内の温度下げて家路を

川覆う氷の上をてんてんと野生の生き物足跡増やす

タイヤショベルに夫より大きく孫の居てバケットの雪高く積み上ぐ

孫の持つハンドルに夫の手が伸びて壁をすれすれ雪押して行く

積み上げし雪山陰影深くして日の出の前の寒空に向く

ステイホームの正月なりぬお札数枚増やして孫へお年玉包む

コロナ禍の正月あれ此れ中止なり友と会えるはいつのことやら

不謹慎と思われようともコロナ様手足伸ばして此の正月を

光立ち上げて

おおいなる天の力に引かれ立つ樹木の根方に我も立ちいる

天心に一本の光立ち上げて陽は沈みゆく厳冬の地へ

一人おれば何時しか亡娘に向く心　指先痛き程に冷たし

六〇歳超えて学びぬカラオケをスポット浴びつつ歌いし「喝采」

玄関にひときわ大きな孫の靴　コロナ禍をスクスク男臭育つ

あとがき

いつものように窓の外を眺めながら食器を洗っていると二羽の鴉が畑の縁の枯れ草の中に降り立ち、嘴で枯れ草を浮かせていた。浮かされた草は忽ち乾き、風に揺らされはじめた。二羽はそれを集めるようにしてくわえ、飛び去った。巣作りの時期である。あの草の上で卵を温め、雛が育っていくのだろうと思うと、ほのぼのと暖かい気持ちになる。コロナ禍で右往左往している私たちを余所に自然界は春である。

さて、短歌を学び始めたのは平成元年の春。いつの間にか三〇年を超えた。この間に二冊の歌集と、その後歌文集二冊をまとめ、今回は一八年ぶり三冊目の歌集になる。七〇歳という区切りもだが、子供を亡くした悲しみの中、孫の傍らで成長を目の当たりにしながら詠み溜めた作品を確かな形にしておく事が、何よりの目的である。テーブルの下をくぐって歩き、座っていると膝に来て腰掛ていたのが小学の最終学年となった。変声期のさなか、身長も家族で一番に。百年先の先まで平和であることを願わずにはおれない。

今回も所属している同人誌「ぱにあ」代表の秋元千恵子氏に相談したが、可能な限り自身で進めるよう背中を押された。お蔭様でより一層の緊張感を楽しんでいる。

此処まで導いてくださった秋元氏、昨年お亡くなりになられた御主人の貞雄氏に感謝するばかりだ。

出版の労を引き受けて下さった洪水企画の池田康様、皆様有難うございました。心からお礼を申し上げます。

二〇二一年四月二〇日

山川純子

◉著者略歴

山川純子（やまかわ　じゅんこ）

一九五〇年　北海道大空町東藻琴生まれ
一九九〇年　「花林」短歌会入会
二〇〇〇年　同人誌「ぱにあ」参加

著書
一九九九年　歌集『春の水かさ』
二〇〇三年　歌集『凍天の牛』
二〇〇八年　歌書『海よ聞かせて』―中城ふみ子の母性愛―
二〇一二年　歌書『自分の言葉に嘘はなけれど』―石川啄木の家族愛―

他に
二〇〇六年　東藻琴村開拓百年記念碑に短歌一首
二〇一六年　オホーツク大空町イメージソング「風は友だち」作詞

歌集

雪原《せつげん》に輝くふたりの大の文字

著　者　山川純子

発行日　2021 年 7 月 13 日

発行者　池田康

発　行　洪水企画

〒 254-0914 神奈川県平塚市高村 203-12-402

TEL&FAX 0463-79-8158

http://www.kozui.net/

装　丁　巖谷純介

印　刷　シナノ印刷株式会社

ISBN978-4-909385-29-1

Printed in Japan